AIRE LIBRE

BERTHET · TOME

SUR LA ROUTE DE SELMA

Couleurs : Topaze et Berthet

DANS LA MÊME COLLECTION

BERTHET - TOME
Sur la route de Selma

CONRAD
Le piège malais (tomes 1 et 2)

COSEY
Le voyage en Italie (tomes 1 et 2)
Orchidea

GRIFFO - VAN HAMME
S.O.S. Bonheur (tomes 1, 2 et 3)

HAUSMAN - DUBOIS
La forteresse de pierre
Le crépuscule des elfes

HERMANN
Missié Vandisandi

LAX - GIROUD
Les oubliés d'Annam (tomes 1 et 2)

MARVANO - HALDEMAN
La guerre éternelle (tomes 1, 2 et 3)

WILL - DESBERG
Le jardin des désirs
La 27e lettre

Maquette de la collection : Yves Amateis.

Dépôt légal : septembre 1991 D.1991/0089/94
ISBN 2-8001-1835-0 ISSN 0774-5702

Imprimé en Belgique.

293
90
29
67
KABOOM
BLAM
COMMAND
FRAANK
1

ON L'A EU, FRANK! À TOI D'EN FINIR, MAINTENANT!
KYLE... JE NE... JE...
RFOLK
896
C'EST RIEN, JUSTE UNE MERDE HUMAINE QU'A CRU POUVOIR COUCHER AVEC UNE BLANCHE, TA FEMME, FRANK. TIENS, C'EST TOI QUI DOIS LE FAIRE.
BON DIEU! IL L'A FAIT OU PAS? RÉPONDS!!
BIEN SÛR QU'IL L'A FAIT! T'ES MON FRÈRE, FRANK, JE VAIS T'AIDER...
SERRE BIEN LA CROSSE!
BANG
2

ELLE EST PARTIE ! TOUT ÇA NE LA FERA PAS REVENIR, KYLE !
TU AS FAIT CE QUE TU DEVAIS. JE ME CHARGE DU RESTE...
ÉCOUTE-MOI... NOUS DEVONS PARLER... JE...
JE SERAI ABSENT QUELQUES JOURS. TU T'OCCUPERAS DES GARS TOUT SEUL. TIENS LE VIEUX "KOUNTA" À L'OEIL, IL POSERA DES QUESTIONS.
JE T'APPELLERAI S'IL Y A DU NOUVEAU.
RED SANDS
LANSKY & SONS
AIR BASE SURPLUS
3

RIIINNG
KIIINN
PERSONNE...
J'ESSAIERAI PLUS TARD. ELLE COMPRENDRA.
Phone
DE TOUTE FAÇON, MÊME SI EDDIE MURPHY M'EMBARQUAIT DANS SA PORSCHE, JE NE SERAIS PAS À SELMA AVANT DEMAIN SOIR.
SELMA
ET QUI VIENDRAIT SALIR SA PORSCHE DANS UN COIN PAREIL?
4

JE VOUS AI VU TRAVERSER. ÊTES-VOUS SÛR DE SAVOIR OÙ VOUS VOULEZ ALLER ?
JE VAIS OÙ VOUS IREZ. POURVU QU'IL Y FASSE SEC.
MONTEZ...
RED SANDS CO
LANSKY & SONS
AIR BASE SURPLUS &
SELMA
5

MES VÊTEMENTS SONT TREMPÉS... ME PERMETTEZ-VOUS DE...
JE... ALLEZ-Y...
... OH, C'EST IDIOT !
LES "STOPPEURS", LA NUIT... ON M'A TELLEMENT ASSOMMÉE D'HISTOIRES STUPIDES !
JE VOIS. EN UN SENS, C'EST PAREIL POUR MOI... MES PARENTS ONT CONNU L'ÉPOQUE OÙ IL ÉTAIT DANGEREUX POUR UN NOIR D'APPROCHER DE TROP PRÈS UNE FILLE BLANCHE...
JE COMPRENDS...
...J'AI VÉCU UN PEU DANS LA RÉGION... VOUS... JE VEUX DIRE... VOUS VOUS MÉFIEZ DES BLANCS, N'EST-CE PAS ?
LA VIE PEUT ÊTRE DURE PAR ICI, MISS.
...MAIS MA MÈRE NOUS RÉPÉTAIT TOUJOURS DE "PRENDRE SUR NOUS". MON PÈRE S'EST BATTU EN CORÉE EN PRENANT SUR LUI.
AU RETOUR, IL A VU LES SOLDATS NOIRS ENTERRÉS HORS DE SA VILLE DANS DES CIMETIÈRES SÉPARÉS.
6

ATTENTION ... LE RAVIN !
HAW HAW
ÇA IRA! J'AI TROP ROULÉ AUJOURD'HUI ET L'ON Y VOIT DE MOINS EN MOINS.
EASY, SID !
VOUS VOUS MÉFIEZ DES CHIENS AUSSI ?
ILS LUI ONT DONNÉ UNE ARME ET REMPLI LA TÊTE DE SALADES SUR LA DIGNITÉ DES NOIRS. QUAND IL A ÉTÉ ARRÊTÉ, DES CHIENS LUI ONT DÉCHIRÉ LE CORPS. IL EN EST MORT...
... CE QUI A DONNÉ RAISON À MA MÈRE ET M'OFFRE UN SUJET DE CONVERSATION QUAND ON ME PREND EN STOP.
... UN JOUR MON PÈRE A CESSÉ DE PRENDRE SUR LUI. DES ENFANTS AVAIENT BRÛLÉ SUR DES CROIX PRÈS DE SELMA. IL S'EST INSCRIT AU PARTI DES PANTHÈRES NOIRES.
AFE
GAS
39
TEXAC
SIDNEY EST INOFFENSIF, CELUI QUI ME L'A CONFIÉ ÉTAIT PLUS NOIR QUE VOUS.
SI ÇA NE VOUS FAIT RIEN, JE DESCENDRAI AU PROCHAIN RELAIS. J'ESSAIERAI DE REJOINDRE SELMA DEMAIN, MISS.
SOYEZ GENTIL, J'AIMERAIS QU'ON SE QUITTE SANS QUE VOUS M'APPELIEZ "MISS". MON NOM EST TRACY-LEE. ET VOUS ?
CLEMENT BROWN DE SELMA, ALABAMA.
Blue Swallow MOTEL 3 MILES
7

ELLE A RAISON.
"TRACY LEE" LUI VA MIEUX QUE LE MISS AMPOULÉ QUE JE LUI AI DONNÉ JUSQU'ICI...
SON SOURIRE NOUS RACCROCHE UN INSTANT L'UN À L'AUTRE.
Blue Swallow
MOTEL
VACANCY
TV
2 for $25
BUDGET prices
TRUCK & U-HAUL
PARKING
OFFICE
SANS DOUTE N'A-T-ELLE PAS PLUS QUE MOI ENVIE QU'ON SE QUITTE.
ET PUIS, SON REGARD...
...SES DOIGTS PÂLES SUR MA PEAU...
8
8

PEU À PEU MES MOTS S'EFFACENT. SES CARESSES LES FONT DISPARAÎTRE COMME S'ILS N'ÉTAIENT QUE DE LA CRAIE SUR UN TABLEAU.
9

MOTEL
LANSKY & SONS
AIR BASE SURPLUS &
SALVAGE
10

KRAAAK
JE VOUDRAIS APPELER EN EXTÉRIEUR. EN ALABAMA.
Blue Swallow APARTMENTS For
NEXT ISSUE
MOTEL
'Y A UN TÉLÉPHONE DANS LE COULOIR. MAIS ÇA POURRAIT PRENDRE DU TEMPS. ILS ONT DES PROBLÈMES AVEC LES INTEMPÉRIES...
RED SANDS CO LANSKY & SONS AIR BASE SURPLUS & SALVAGE
RED SANDS CO LANSKY & SONS AIR BASE SURPLUS & SALVAGE

UN ...
DEUX...
TROIS...
QUATRE ...
CINQ...
KRAAAAAK
SEPT SECONDES... ÇA S'ÉLOIGNE.
12

UN ....
DEUX...
ALLÔ?
C'EST CLEM, MAM!
NON... PAS AVANT DEMAIN SOIR, OU PLUS TARD ENCORE. COMMENT VAS-TU?
LE CIEL NOUS ABANDONNE, CLEM. TON FRÈRE EST À LA POLICE. LE SHERIFF DIT QU'IL VENDAIT DU "CRACK" À LA SORTIE DES COLLÈGES DE SELMA. MON DIEU...
IL EST MINEUR. IL N'A PAS DE CASIER. ILS DOIVENT LE RELÂCHER CONTRE UNE CAUTION.
LA CAUTION A ÉTÉ FIXÉE. ELLE EST TROP ÉLEVÉE, CLEM! JUNIOR TIENDRA JAMAIS LE COUP DANS LEURS CELLULES...
COMBIEN?
KRAAA
... COMBIEN?
AAAAK
HUIT...
BANG
13

...SIX MILLE DOLLARS ! C'EST UNE SOMME !
SEPT DOLLARS CINQUANTE AVEC LA TAXE , MERCI .
DITES , PURE CURIOSITÉ...
IL PEUT Y AVOIR COMBIEN DANS UNE CAISSE DE MOTEL, UNE NUIT COMME CELLE-CI ?
TROP PEU POUR RISQUER LE VIOLON , SINON JE L'AURAIS DÉJÀ FAIT. BONNE NUIT, PETIT.
PHONE
MAM A RAISON...
JUNIOR TIENDRA PAS LÀ-DEDANS...
EAST
80S
HAW
14

J'AI FAIT GAFFE AU BRUIT...
ÊTRE SURPRIS NE SUFFIRAIT PAS À ME FAIRE RENONCER, MAIS...
... JE DEVRAIS ALORS AFFRONTER SON REGARD...
ELLE NE S'EST PAS RÉVEILLÉE. JE SUPPOSE QUE J'AI DE LA CHANCE.
MOTEL
80S
SI TOUT VA BIEN, JE SERAI À SELMA DEMAIN SOIR.
15

"... WORLD WAS ON FIRE...
... NO ONE COULD SAVE ME
BUT YOU..."
"...STRANGE WORD DESIRE...
... MAKE FOOLISH PEOPLE DO..."
FM 103.3
"... I NEVER DREAMED...
I'D MEET SOMEBODY
LIKE YOU..."
"... I'VE NEVER DREAM
THAT I'D LOOSE SOMEBODY
LIKE YOU..."
...LIKE YOU...
"... NOW I ...
...DON'T WANNA FALL
IN LOVE..."
...WITH YOU... ?!
"... WITH YOU..."
TOUJOURS LA NUIT... MAIS AU MOINS, IL NE PLEUT PLUS...
"... NOBODY..."
"... LOVES..."
"...NO-ONE."
E
16

TEXACO
CAFE
GAS 39
SUPER 121
TEXACO
Get Star Power
"...NOBODY... ...LOVES... ...NO ONE..."
SALUT, PETIT.
SHIT ! D'OÙ VOUS SORTEZ ? JE N'VOIS PAS VOTRE CARRIOLE .
JE NE VEUX PAS D'ESSENCE, JE VEUX DU CAFÉ .
Super
LE SNACK EST FERMÉ MAIS Y A UN DISTRIBUTEUR DANS LE HALL .
Super
Diesel
Diesel
17

LE PLEIN .
COLD &
MEN
PUSH
CHOICE
MEN
RED SANDS CO
LANSKY & SONS
AIR BASE SURPLUS &
SALVAGE
18

C'EST 50 CENTS POUR LES TOILETTES.
MEN
FAUT DE LA PEINE POUR GARDER TOUT PROPRE. CH'UIS LA GRAND-MÈRE DU P'TIT. ON N'EST PAS RICHES, ET PUIS CH'UIS NOIRE... EN CE MOMENT, DEPUIS UN SIÈCLE OU DEUX, C'EST UNE VRAIE MERDE...
JE COMPRENDS RIEN À LA LESSIVE, MÊME. MAIS POUR LA COULEUR JE VOUS CONSEILLERAIS UN PORTE-BONHEUR, GENRE SOUVE-NIR...
... DE CORÉE.
19.

12
FORD
TEXACO
20

Blue Swallow
MOTEL
TV
21

8
AVEC UN PEU DE CHANCE, ELLE DORMIRA ENCORE ET JE RÉCUPÉRERAI MA CHAÎNETTE... SANS BRUIT...
SANS HISTOIRES...
OU BIEN ALORS...
J'ESSAYE DE PENSER À JUNIOR. JE NE VOIS QU'UNE CELLULE.
8
ET SOUDAIN, LA PEUR.
COGNANT BRUTALEMENT DANS MA POITRINE.
LA MAIN DANS LE SAC, LE NÉGRO!!
8
22

À VOIR TA TRONCHE, JE JURERAIS QUE T'ES SUR LE POINT DE COMMETTRE UN CAMBRIOLAGE, NÉGRO...
JE VOIS PAS CE QUI VOUS AUTORISE À ME PARLER COMME ÇA, MONSIEUR, D'AUTANT QU'À VOUS VOIR, JE JURERAIS PAS QUE VOUS ÊTES EN SERVICE...
SI T'AS LA CLÉ DE CETTE PORTE, SORS-LA VITE, PEAU DE BOUDIN ! OU JE TE FAIS SAUTER UNE ROTULE !
TAGGART ! T'AS BESOIN D'UN BON CAFÉ !!
POLICE
COOL !... LE NÉGRO ET MOI, ON RIGOLE... C'EST TOUT...
À UN DE CES JOURS, BOULE DE NEIGE !
SHERIFF DEPT
POLIC
23

24

OFFICE
PLYMOUTH
CHECK-OUT TIME, SIR ! JE VIENS POUR FAIRE LA CHAMBRE...
25

JE... JE SOUHAITE NE PAS ÊTRE DÉRANGÉ.
NAVRÉE. C'EST LE RÈGLEMENT DU MOTEL. ADRESSEZ-VOUS AU PATRON, À LA RÉCEPTION.
... ATTENDEZ... JE VAIS VOUS OUVRIR.
TENEZ! ALLEZ PRÉVENIR QUE JE LOUE UNE NUIT DE PLUS. LE RESTE EST POUR VOUS SI VOUS OUBLIEZ DE FAIRE MA CHAMBRE. J'AI DU SOMMEIL EN RETARD.
J'AI CONNU DES GENS MIEUX ÉDUQUÉS...
... MAIS À CE POURBOIRE-LÀ, JE VEUX BIEN DEVENIR VOTRE CARTE DE CRÉDIT!
... IL ME FAIT: "ALLEZ LOUER LA CHAMBRE POUR MOI, ET GARDEZ LA MONNAIE!" T'AURAIS VU SA LIASSE DE BILLETS.
ALORS, JE LUI AI RÉPONDU MOT POUR MOT CECI...
26

VISA
CASH CARD
EXPIRES END ▶ 09 / 91
LANSKY
KYLE
ALEXANDER
267100
FOR GOD'S SAKE!
LISA! LEQUEL DE TES PENSIONNAIRES BOUSEUX POSSEDE UN CLEBS?
POLIC
27

... SURPRISE !
DEVINE CE QUI M'AMÈNE, BOULE DE NEIGE ?
JE VOUS EN PRIE, MONSIEUR. LAISSEZ-MOI EN PAIX.
JE VAIS TE DIRE : JE SENS QUE TU CACHES QUELQUE CHOSE. ET JE NE PARTIRAI PAS SANS L'AVOIR TROUVÉ.
Phone
ALLÔ, POLICE ?
TAGGART ! ON SIGNALE UN CRASH À UN MILE D'ICI, SUR LA 80 WEST.
POLICE
28

BLUE SWALLO
8
29

HAW

DEUX HEURES DE ROUTE POUR REVENIR À CETTE CORNICHE.
À L'ALLER, CELA PARAISSAIT PLUS COURT.
IL FAUT PROFITER DE LA NUIT, LE SOLEIL VA SE LEVER.
PRENDRE SUR SOI ENCORE QUELQUES INSTANTS...
PRENDRE SUR SOI POUR OUBLIER CETTE FILLE...
...ET FAIRE LIBÉRER JUNIOR.
OUBLIER NE SERA PAS FACILE.
CASH CARD
EXPIRES END 09/91
LANSKY
KYLE
ALEXANDE
630 267100
31

RED SANDS
VRRR...
PWAAAP
ROOO
RED SANDS
32

CLINTON 15
SELMA 80
MERIDIAN 30
33

GET LOST!
LES CHIENS. CRÉATURES SANS DIGNITÉ PRÊTES À N'IMPORTE QUOI POURVU QU'ON LES NOURRISSE. SOUMIS. OBÉISSANTS. ILS SAVENT PRENDRE SUR EUX...
ILS FERAIENT DES NÈGRES TRÈS ACCEPTABLES...
34

TIRE-TOI, JE T'AI DIT ! LES CHIENS COMME TOI PORTENT LA POISSE !
VA DONC AU DIABLE ! REJOINDRE TA MAÎTRESSE ! JE N'AI RIEN À VOIR AVEC ELLE ! JE ME FOUS DE SAVOIR QUI L'A ASSASSINÉE, OU POURQUOI !! ... LÀ OÙ ELLE EST, ELLE SE FOUT TOUT AUTANT DU POGNON QUE JE LUI AI PRIS ! J'AI UN FRÈRE EN PRISON. PLUS UN SEUL DE CES PRÉCIEUX DOLLARS NE SERVIRA À REMPLIR TA PANSE D'ESCLAVE !
C'EST COMMENT TON NOM, DÉJÀ ? ... SIDNEY ?
MAIS ?! ... C'EST PAS UN NOM DE CHIEN, ÇA !
PARCE QU'ON T'A DONNÉ UN NOM HUMAIN, TU ESPÈRES SANS DOUTE TE CROIRE AUTRE CHOSE QU'UN ANIMAL, HEIN ?
T'ES QU'UNE BÊTE ! FILS DE BÊTE ET PETIT-FILS DE BÊTE ! ET SI, APRÈS AVOIR REÇU DES MILLIERS DE COUPS DE PIED AU CUL, TES TESTICULES DE BÊTE SONT ENCORE EN ÉTAT D'ENGENDRER UNE DESCENDANCE, TU NE SERAS QUE L'HEUREUX PÈRE DE LA BÊTE QUI TE REMPLACERA !
35

TOUS LES NOMS DU MONDE SUFFIRAIENT PAS À FAIRE OUBLIER TA PEAU D'ESCLAVE ! C'EST "TOM", QU'IL AURAIT FALLU T'APPELER ! ÇA, C'EST UN NOM DE CHIEN ! OU "SAM" ! UN NOM D'UNE SYLLABE PAS TROP COMPLIQUÉ À INSCRIRE SUR UNE NICHE OU À HURLER QUAND ON T'APPELLE !
SAM !! AU PIED !! ... DOCILE !
... OU ALORS ... UN NOM MARRANT ! UNE FINE PLAISANTERIE COMME " BOULE DE NEIGE " ! QU'EST-CE QUE T'EN PENSES ? HEIN ?! C'EST DRÔLE, ÇA, "BOULE DE NEIGE" !
VIENS ICI, BOULE DE NEIGE, HA, HA, HA !! ... COUCHÉ, BOULE DE NEIGE !
BOULE DE NEIIIGE
CLIC !
... VOILÀ UN NOM CONVENANT À TA RACE ...
BANG
"TOM, L'ESCLAVE" !
"SAM, LE CHIEN" !
BANG
... "CLEMENT" ...
CLEMENT ... BROWN !

CAFE
24 HR
WELCOME INN
TRUCK STOP
CAFE
WELCOME in CLINTON LAST TOWN BEFORE ALABAMA
ENJOY our Bluegrass FESTIVA
CLOSED
UNE MICHELOB ET DEUX "PLAT DU JOUR". L'UN ICI, L'AUTRE AU CLEBS COUCHÉ DANS LA BOUE, DEHORS. JE PAIERAI.
Coke
DRINK Coca-Cola
SOUTHERN Fried Chicken
37

LE CLIENT EST ROI AU RED SANDS SNACK, BROTHER !...
TOC
AVEC OU SANS COUVERTS, L'ASSIETTE DU CHIEN ?
RED SANDS ?
À CAUSE DE LA COULEUR DE LA TERRE... C'EST L'NOM DU DÉPÔT DE L'AIR FORCE AU SUD DU PATELIN : UNE BONNE DOUZAINE D'ENTREPRISES ONT CES DEUX NOMS DANS LEUR RAISON SOCIALE. À CLINTON...
...TOUT CE QUI TRANSPIRE, RESPIRE, MEURT...
TOC
...OU MANGE LE FAIT UN JOUR OU L'AUTRE POUR OU PAR LA "BASE".
ET "LANSKY" ?...
...C'EST COURANT, COMME NOM, PAR ICI ?
POUR TOUTE LA VILLE, ON PEUT PAS DIRE, MAIS DANS LE SNACK...
RED SANDS Burgers
TRY A POLISH MAN AND DIE
...Y A DÉJÀ MOI. VOUS CHERCHEZ QUELQUE CHOSE, PEUT-ÊTRE ?
BEN... DU TRAVAIL M'IRAIT ASSEZ... JE SUIS UN PEU À COURS DE LIQUIDE...
VRAIMENT ?
C'EST LÀ QU'ON EST CONTENT D'AVOIR UNE CARTE DE CRÉDIT, PAS VRAI... ?

SI J'EN AVAIS UNE, JE LA SORTIRAIS PAS ICI, MONSIEUR.
...VU MON ALLURE, PEUT-ÊTRE QU'ON IRAIT PENSER QU'ELLE EST FAUSSE OU PIRE, QU'ELLE EST PAS À MOI. ET PEUT-ÊTRE QU'ON AURAIT RAISON...
... VOUS SAVEZ C'QUE C'EST.
C'EST POUR MOI.
SOIS DANS DEUX HEURES À LA "LANSKY"!.. C'EST MON FRÈRE QUI ENGAGE. MOI, JE NE SUIS QUE CONTRE-MAÎTRE.
MON NOM, C'EST FORREST. CH'UIS DE L.A. ET TOI, BROTHER ?
CLEMENT BROWN, SELMA.
ICI, CE SERAIT PLUTÔT CLEMENT "JESUS" BROWN. DEPUIS DIX MINUTES QUE T'ES LÀ, Y A DÉJÀ EU DEUX MIRACLES À CLINTON...
VISA
DEUX, HEIN ?
J'AVAIS JAMAIS ENTENDU KYLE LANSKY DIRE PLUS DE DEUX MOTS À LA FOIS À UN NOIR...
... ET C'EST LA PREMIÈRE FOIS QUE JE LE VOIS PAYER POUR LE REPAS D'UN CLEBS.
LE CLIENT EST ROI...
'Y A UN BUREAU DE POSTE À CLINTON ?
39

CLINTON'S
GOOD VIBRATIONS
Rexall
VOUS TROUVEREZ ÇA AU COIN DE RED SANDS LANE ET D'AIR FORCE DRIVE, À DEUX BLOCS. 'POUVEZ PAS MANQUER, C'EST UN BÂTIMENT ROUGE BRIQUE.
CLOSE
VOUS FERMEZ JUSQUE QUAND ?
LUNDI. À CAUSE DES FESTIVITÉS. MAIS LES BOÎTES POSTALES SERONT TOUJOURS LEVÉES.
CLINTON POST OFFICE
CLOSED
ÇA NE M'ARRANGE PAS, JE VOUDRAIS ENVOYER DE L'ARGENT À SELMA.
SELMA ? MAIS, C'EST TOUT PRÈS ! EN ALLANT PORTER VOTRE ARGENT VOUS-MÊME, IL Y SERA PLUS VITE QUE PAR LA POSTE !
J'Y AI PENSÉ, MAIS... IL SE POURRAIT QUE JE NE REJOIGNE PAS SELMA AUSSI VITE QUE JE LE VOUDRAIS, JE...
AM'S PIZZA
BAR
DES ENNUIS, M'SIEUR FLATTERY ?
EN CAS DE BESOIN, JE VOUS SONNERAI, POLICIER.
HAWW HAW!
TIENS ? MAIS C'EST CE VIEUX SID ! ON N'ESPÉRAIT PLUS TE VOIR DANS LE COIN !
40

C'EST SIDNEY, LE CHIEN DE STU ! C'EST PAS BIEN RASSURANT DE LE VOIR ERRER SEUL. ÇA PROUVE BIEN QUE J'AI RAISON...
POLICE
ÇA PROUVE RIEN DU TOUT, KOUNTA KINTÉ, TON COPAIN STU PEUT AUSSI BIEN ÊTRE EN TRAIN DE CUVER QUELQUE PART... DE PRÉFÉRENCE SUR LE VENTRE D'UNE PROSTITUÉE. REVIENS PLEURER DANS UNE SEMAINE... ON EN PROFITERA POUR FAIRE UNE DESCENTE À FLATBUSH.
Vasquez-assoc. inc
REAL ESTATE
364-7901
CLINTON
LUIGI'S
EXCUSEZ-MOI, MONSIEUR. JE SUIS DE PASSAGE À CLINTON ET JE CHERCHE UN BAR OÙ...
SPLENDIDE CABOT QUE VOUS AVEZ LÀ... UN BULL TERRIER, NON ?
UN PEU BULL-TERRIER, UN PEU BULL SHIT... ON SAIT JAMAIS AVEC LES CROISEMENTS...
... MAIS TE FATIGUE PAS À FAIRE TON MIELLEUX AVEC MOI, GAMIN. J'AIMERAIS QUE TU M'EXPLIQUES POURQUOI, DEVANT LE FLIC, T'AS IGNORÉ LE CLEBS. J'VOUS AI VUS ARRIVER ENSEMBLE !
41

LE CHIEN M'A SUIVI, C'EST TOUT. POUR LE RESTE, J'AI UN FRÈRE EN PRISON. J'AI... JE ME SUIS "PROCURÉ"... L'ARGENT DE LA CAUTION.
ET TANT QUE J'AURAI LES BILLETS SUR MOI, MOINS LES FLICS ME REMARQUERONT, MIEUX CE SERA.
SI VOUS ME PARLIEZ DE STU?
STU EST UN PEU COMME MON FILS. À PEU PRÈS TON ÂGE. IL A DISPARU.
C'EST LUI QUI A ÉLEVÉ SIDNEY AVANT DE LE DONNER À UNE FILLE. STU ET ELLE ÉTAIENT DEVENUS AMIS. JE L'AVAIS POURTANT PRÉVENU...
"PAR ICI, C'EST PARFOIS DANGEREUX D'ÊTRE AMI AVEC LA FEMME D'UN BLANC".
ÇA FAISAIT BEAUCOUP RIGOLER STU. C'EST LUI QUI A COMMENCÉ À M'APPELER KOUNTA. 'Y M'DISAIT "ON N'EST PLUS AU TEMPS DE L'ESCLAVAGE, KOUNTA KINTÉ !"
J'CROIS QU'C'EST UNE SORTE D'ANCÊTRE NOIR DANS UN ROMAN. TOUT LE MONDE M'APPELLE COMME ÇA, MAINTENANT.
42

POUR LE SORTIE DU GHETTO DE FLATBUSH, J'AI FAIT EMBAUCHER STU DANS LA SOCIÉTÉ OÙ JE TRAVAILLE. 'Y POUVAIENT PAS REFUSER À CAUSE DE LA LOI SUR LES QUOTAS.
VOUS TRAVAILLEZ POUR LA "LANSKY"?
"LANSKY... AND SONS!" LE VIEUX LANSKY EST MORT L'AN DERNIER..
C'EST AU BOUT DE LA VILLE. C'EST LÀ QU'JE RENTRE. 'FAUT QUE JE CAUSE AU PATRON.
IL Y A PLUSIEURS FILS LANSKY?
DEUX. KYLE, L'AÎNÉ, AURAIT DÛ DEVENIR LE PATRON. MAIS LE PATRIARCHE AVAIT UN FAIBLE POUR LE PLUS JEUNE. APRÈS LE DEUIL, FRANK S'EST RAPIDEMENT MARIÉ AVEC UNE GOSSE DÉBARQUÉE DU NORD AVEC LE PRINTEMPS. ÇA N'A PAS DURÉ. À PART LUI, 'Y A GUÈRE EU QUE STU POUR S'EN FAIRE UNE AMIE.
LA PETITE TRACY-LEE EN A SANS DOUTE EU SA CLAQUE. ELLE VIENT DE METTRE LES VOILES AVEC UNE PARTIE DE LA CAISSE, À CE QU'ON DIT...
C'EST POUR ÇA QUE L'ABSENCE DE STU M'INQUIÈTE... C'EST PAS LE GENRE À SUIVRE UNE FILLE MARIÉE, MAIS IL LUI AVAIT DONNÉ CE CHIEN AVANT QU'ELLE PARTE.
... ET VOILÀ QU'AUJOURD'HUI SIDNEY REVIENT SEUL, COMME S'IL AVAIT PLUS NI MAÎTRE, NI MAÎTRESSE... EN SUIVANT UN P'TIT GARS DE SELMA QUI POSE DES QUESTIONS...
STU OU LA FILLE, OÙ QU'ILS SOIENT L'UN ET L'AUTRE, J'AI IDÉE QU'ILS SONT PAS PRÈS DE REVENIR...
43

AIR BASE SURPLUS
R-472
67
0-291
MILITARY PROPERTY
NO
RESPASSING
SANDS BASE
RIT
44

MADE IN TENNESSEE
RED SANDS
LANSKY & sons
Laurentides
45

TOC! TOC!
ENTREZ !
C'EST MOI, PATRON. LE VIEUX KOUNTA EST REV'NU... IL EST DANS LA COUR. IL VEUT VOUS PARLER.
C'EST BON. QU'IL VIENNE.
J'COMPRENDS MAL C'QUI PEUT TE POUSSER À CHERCHER DE L'EMBAUCHE ICI, PETIT. MAIS MOI, JE M'EN VAIS. APRÈS LA DISPARITION DE STU, JE PEUX PLUS RESTER.
JE NE VOUS DEMANDE RIEN.
U.S. AIR
ENFIN SI... J'AIMERAIS QUAND MÊME QUE VOUS ACCEPTIEZ DE ME RENDRE UN SERVICE.
C'EST L'ARGENT POUR MON FRÈRE. IL Y A UNE ADRESSE. C'EST CELLE DE MA MÈRE À SELMA...
JE VOUDRAIS QUE VOUS VOUS CHARGIEZ DE LE LUI FAIRE PARVENIR. DÈS QUE POSSIBLE...
TU PEUX COMPTER SUR LE VIEUX KOUNTA KINTÉ, PETIT. PRENDS BIEN GARDE À TOI.
Brown
Drive
SELM
HÉ, KOUNTA ! LE BOSS T'ATTEND DANS SON BUREAU !
46

ALORS, IL PARAÎT QU'ON VEUT ME VOIR ?
PAS "ON", M'SIEUR FRANK. C'EST SEULEMENT MOI, VOTRE VIEUX KOUNTA. J'VIENS RECHERCHER MES AFFAIRES ET L'ARGENT QU'ON ME DOIT. J'PEUX PLUS RESTER. CH'UIS TROP VIEUX, MAINT'NANT. STU ÉTAIT MON AMI. SANS LUI, J'AI PLUS LE GOÛT DE TRAVAILLER.
JE COMPRENDS. TU AS VU LES POLICIERS.
J'AI VU LE JEUNE WALTON. IL A BIEN GRANDI. MAIS IL EST PAS BIEN SÛR QUE STU AIT VRAIMENT DISPARU. 'Y PARLE QU'Y POURRAIT AVOIR BU ET TRAÎNER QUELQUE PART.
ET TOI. QU'EST-CE QUE TU EN DIS, KOUNTA KINTÉ ?
JUSQU'À LA SEMAINE DERNIÈRE, MON STU N'AVAIT JAMAIS BU UNE GOUTTE D'ALCOOL DE SA VIE, MONSIEUR FRANK. MAIS ON DIT QU'Y A PAS D'ÂGE POUR COMMENCER.
SAGES PAROLES. TU AS SANS DOUTE RAISON DE PARTIR. JE VOIS QUE TU AS PENSÉ À PROPOSER UN REMPLAÇANT... JE LE VERRAI APRÈS.
VOILÀ TON DÛ. LAISSE UNE ADRESSE OÙ T'AVERTIR S'IL Y A DU NEUF POUR TON AMI STU.
J'Y COMPTE PAS TROP, MONSIEUR FRANK.
DE TOUTE FAÇON, JE QUITTE LE PAYS. ÇA ME TENTE PAS TROP DE RESTER. J'AI COMME L'IDÉE QUE LE VIEUX JIM CROW POURRAIT REVENIR TRAÎNER PAR ICI. ADIEU.
"JIM CROW" ? C'EST LA PREMIERE FOIS QUE J'ENTENDS PARLER DE CE GARS. JE CROYAIS QUE PERSONNE NE POUVAIT EFFRAYER AINSI LE VIEUX KOUNTA...
JIM CROW N'EST PAS UNE PERSONNE, MONSIEUR...
C'EST PAR CE NOM QUE CERTAINS NOIRS DÉSIGNENT LES BRUTALITÉS COMMISES AU NOM DE LA SÉGRÉGATION.
47

HEIN ? CE VIEUX SAUVAGE ! IL DÉRAILLE !... IL ÉTAIT TEMPS QU'IL S'EN AILLE !
... ET PUIS TOI, JE NE SUIS PAS SÛR QUE LA LANSKY PUISSE T'OFFRIR UN JOB À LA MESURE DE TON ÉRUDITION...
JE ME CONTENTERAI DE CE QU'ON ME DONNE.
BLAM
BLAM
KYLE !
ON FINIRA BIEN PAR L'AVOIR, IL REVIENDRA. C'EST UN CHIEN DE NÉGRO. ILS SONT PRESQUE AUSSI CONS QUE LEURS MAÎTRES.
J'IGNORAIS QUE TU ÉTAIS REVENU !
TU... TU L'AS VUE ?... TU LUI AS PARLÉ, KYLE ?
TU SENS L'ALCOOL. J'ESPÈRE QU'IL RESTE DES BIÈRES !
BAH ! UN DE PERDU...
KYLE ! LE VIEUX KOUNTA EST PARTI, IL...
48

ME VOILÀ DONC DANS LE REPAIRE DU FAUVE.
À L'ÉVIDENCE, KYLE LANSKY RÈGNE SUR SON UNIVERS AVEC AUTORITÉ. MÊME LA POLICE LOCALE DOIT LUI MANGER DANS LA MAIN.
...ET CE N'EST PAS LA DISPARITION D'UN OUVRIER DE COULEUR QUI RÉUSSIRA À TOURMENTER LES CONSCIENCES DE CLINTON...
LE VIEUX "JIM CROW" Y A PEUT-ÊTRE DÉPOSÉ SES BOTTES UN JOUR, MAIS DEPUIS, ON DOIT SE BOUSCULER POUR LES LUI CIRER CHAQUE SOIR.
PAR CONTRE...
...LE MEURTRE PRÉMÉDITÉ D'UNE JEUNE BLANCHE FAIT COURIR PLUS DE RISQUES À SON AUTEUR.
49

Coca-Cola
IN BOTTLES
ICE COLD
50

PJ
LK
996
ANNAP
RIEN D'AUTRE ?
RIEN. ON LUI A RETOURNÉ TOUTES LES POCHES.
MAINTENANT, IL VA FALLOIR COURIR, PETIT.
51

SLAK
BLAMM
JE L'AI EU !!! J'AI DÛ LE TOUCHER !!
MAC
30306
40603
22697
52

2F1G4
18
SEULEMENT TROIS BALLES.
ILS SONT QUATRE.
SANS COMPTER KYLE...
...QUI VIENDRA
POUR M'ACHEVER.
BANG
BANG
BLA
53

MIKE ? LE NÉGRO A EU MIKE !! AAAHH!!
BANG BANG
BANG
54

NON !! C'EST UN ACCIDENT ! C'EST CE NOIR QUI ...
BLAM
... TU VAS DÉCEVOIR TON PUBLIC.
ALLONS KYLE, CE N'EST PAS LE MOMENT D'AVOIR LE TRAC...
AAAHHH
55

WALTON !
KYLE ?! ON N'EST PLUS QUE DEUX ! T'ES OÙ ?
S. AIR FOR
LÂCHE ÇA, KYLE ! NOUS ALLONS CHEZ LE JUGE ANDERSON !
56

KYLE?! RÉPONDS! 'FAUT FINIR CE FUMIER DE BLACK... KYLE?
FORCE
S. AIR FORCE
CE FUSIL... TU VAS TIRER SUR TON FRÈRE?
ELLE ME RACONTAIT TOUT! TES HARCÈLEMENTS. TES MANIÈRES DE VACHER. J'ÉTAIS PARALYSÉ PAR LA PEUR. TOUT COMME STU, SANS DOUTE! QUAND ELLE EST PARTIE, J'AI ACCUSÉ LE NOIR! IL FALLAIT UN BOUC ÉMISSAIRE, TU EN AS PROFITÉ!
JE SUIS VENU TUER VINGT-CINQ ANS DE PEUR, KYLE! LÂCHE CETTE ARME, JE T'EN PRIE...
S. AIR FORCE
BANG
BLAM
57

LANSKY ! TU M'ENTENDS ? C'EST MOI, LE NÈGRO !! IL N'Y A PLUS QUE TOI ET MOI ! MONTRE-TOI, QU'ON EN FINISSE !
905
UN BLANC CONTRE UN NOIR, LANSKY ! C'EST ÉQUITABLE ! J'AI GARDÉ UNE BALLE ! C'EST L'ARME DE TRACY-LEE !
BLAM
JETTE ! ET TU VIS.
BANG
AAAH
58

J'ÉTAIS SÛR QUE CELA FINIRAIT COMME ÇA.
BIEN SÛR ! AVEC LE PREMIER JE SAVAIS QUE C'ÉTAIT IMPOSSIBLE, MAIS TOI... TOI...
TU N'ES PAS COMME LES AUTRES. 'Y AVAIT COMME DU FATALISME. TOI, TU AS QUELQUE-CHOSE DE PLUS. TU LUI AS FAIT L'AMOUR, HEIN ?
ALLONS... JE T'EN PRIE...
...RACONTE-MOI...
SPECIAL DELIVERY
...C'ÉTAIT... COMMENT ?
58

BANG
60

"DEAR MAM..."
"LE TEMPS ME MANQUE POUR T'ÉCRIRE LONGUEMENT."
"J'AI PEUT-ÊTRE TROUVÉ DU TRAVAIL DANS UNE ENTREPRISE À CLINTON. J'Y RESTERAI UN MOMENT."
"TU TROUVERAS DANS CETTE ENVELOPPE L'ARGENT POUR JUNIOR."
"DIS-LUI DE TENIR BON."
"DIS-LUI AUSSI QUE JE L'AIME ET QUE JE SOUHAITERAIS QU'IL PORTE DÉSORMAIS LA CHAÎNETTE DE DAD."
"ELLE M'A SOUVENT PORTÉ CHANCE, JUSQU'ICI."
"TENDRESSES."
"CLEMENT."
BERTHET - TOME 91